阳光之间

赖子 —— 著

台海出版社

图书在版编目（CIP）数据

阳光之间 / 赖子著 . -- 北京：台海出版社，
2021.4
ISBN 978-7-5168-2938-7

Ⅰ.①阳… Ⅱ.①赖… Ⅲ.①诗集－中国－当代
Ⅳ.① I227

中国版本图书馆 CIP 数据核字（2021）第 055716 号

阳光之间

著　　者：赖　子

出 版 人：蔡　旭　　　　　　　　　封面设计：中尚图
责任编辑：姚红梅

出版发行：台海出版社
地　　址：北京市东城区景山东街 20 号　　邮政编码：100009
电　　话：010-64041652（发行，邮购）
传　　真：010-84045799（总编室）
网　　址：www.taimeng.org.cn/thcbs/default.htm
E - m a i l：thcbs@126.com

经　　销：全国各地新华书店
印　　刷：天津中印联印务有限公司
本书如有破损、缺页、装订错误，请与本社联系调换

开　　本：710 毫米×1000 毫米　　1/16
字　　数：80 千字　　　　　　　印　　张：15
版　　次：2021 年 4 月第 1 版　　　印　　次：2021 年 4 月第 1 次印刷
书　　号：ISBN 978-7-5168-2938-7

定　　价：59.00 元

序

诗是童年眼里的星星，一闪一闪亮晶晶；

诗是少年望见的月亮，遥远又透明，美丽又冰清；

诗是青年出发时的梦，怀揣着美梦与激情同行；

诗是中年身上的风尘，累了痛了，抖一抖，再深的伤也要抚平；

诗是老年脸上的皱纹，刻下的是记忆，留住的是深情；

诗是风，吹开了花；

诗是雨，滋润了叶。

仰望花开花落，诗是感动；

聆听风声雨声，诗是心情；

为了那份感动，那份心情，写诗吧！

是为序。

赖 子

2021.3.17

阳 光 之 间

❧ 目 录 ❧

上 篇 古风今韵

下　篇　心海拾贝

上 篇

古风今韵

大漠深处

千年古道路难见，万里沙海马不前。

沙山蜿蜒惊驼铃，烈日烧烤催人还。

春风吹度鸣沙山，夕阳晚照月牙泉。

黄沙过后红袖在，大漠深处有人烟。

垂钓

一池湖水平如镜，一勾垂竿水上停。

一片柳叶落水声，三两鱼儿梦惊醒。

湖面吐圆圆同心，钓竿低垂垂不平。

起竿拉扯三五下，岸上急煞持竿人。

母子情

梦园怎知几春秋，寒夜最记岁月稠。

慈母声切绕梓州，游子泪涟润滩头。

听闻昨夜冷雨声，江河湖海冰冻舟。

捧回瑶池八百里，天若无情水倒流。

牛仔小镇

一条路，一座镇，风卷黄沙阴森森。

远处似有马蹄声，不见天日不见人。

一杆枪，一方巾，牛仔小帽马靴沉。

风霜雨雪百年事，遥望当年西部神。

黄石

千里火山千条川，万般生灵万座泉。

星罗棋布五彩池，峡谷天河挂云端。

朝晖燃尽松林晚，大地竟喷水云烟。

野牛黑熊同戏水，上帝不信是人间。

瀑布

烈日高照汗不流，瀑布尚在山背后。

忽闻一阵轰鸣声，雷神之音振衣袖。

马蹄声碎千层雪，尼亚加拉万丈楼。

银河珍珠扑面来，新娘面纱风吹皱。

长木花园

森林幽处见草原，瀑布尽头听喷泉。

天蓝叶绿林荫道，云淡风轻池中莲。

花开四季知冷暖，香飘万里醉客船。

奇花异草千万种，仙境九重后花园。

睡莲

晚风轻轻吹池莲，夜色深深微闭眼。

小鱼悄悄传夜话，花茎弯弯水中眠。

鸟儿报晓荷无言，水虫嬉戏逗笑脸。

日上三竿绿叶明，独立池中尽开颜。

爱情谷

爱情谷里赏花忙，甜风润雨飘花香。

魂牵山盟秦晋路，争奇斗艳情更长。

美人漓江

南国有美人，奇女名漓江。

生在八桂地，长在鱼米乡。

从小颜如玉，长大美娇娘。

一双淡蛾眉，两眼水汪汪。

天赐美人鼻，小嘴吐芬芳。

皓齿如明月，甜声似莺唱。

自有飞燕腰，浓淡西施相。

含情貂蝉目，无需贵妃妆。

美名传万里，红娘来八方。

书生挤矮墙，豪门满厅堂。

美人启朱唇，众宾心透凉。

妾有意中郎，出征去远方。

等他千万年，郎归披红妆。

退了员外礼，拒了靖江王。

日夜思情郎，千年泪成江。

心静水清明，竹筏行江上。

多少痴情人，沿岸守两旁。

岁月风和雨，人山排成行。

看她每日渡，为她挡风霜。

百年人变山，千年成画廊。

从此是仙境，人间好风光。

江山

春兰秋菊花正好，夏荷冬梅比妖娆。

芙蓉牡丹竟开放，姹紫嫣红争天娇。

西流东海泛波涛，北峰南岭山更高。

长江黄河腾巨浪，万水千山滚滚潮。

英雄

荆轲霸王真英雄，秦皇汉武谁争锋。

卫青不败李广在，去病金戈传子龙。

云长单骑周郎梦，武穆银枪比戚公。

唐宗宋祖铠甲血，万座枯骨万世功。

文人

笔头江山纸上杀，诗出雄关词中甲。

字里行间金鼓声，卷开书阔跑战马。

桃腮柳眉说夜话，行云流水雾里花。

山水风情多少事，文人骚客留芳华。

月夜华山

小伙飞上西峰口，姑娘情寄莲花楼。

偷眼望见山搂月，疑是苍龙不识羞。

地捧云台洁如玉，天悬栈道梦中游。

欲挽织女返尘世，何处牛郎不风流。

黄山

若隐若现黄山松，似神似仙天上龙。

自幼长在悬崖上，不把险峰当作峰。

三山五岳峰上峰，遥望苍黛各不同。

莫问天都君何在，黄帝就在此山中。

六月天

十年寒窗六月天，四张考卷千斤担。

儿在纸上报养恩，母守赤日心打战。

闷声静气度日难，前楼后户夜无眠。

高分低数放榜日，多少眼泪多少欢。

江南有古村

山高水长红尘远，奇峰秀岭天地宽。

众星捧月抱一村，依山傍水问先贤。

小桥流水落日圆，亭台楼阁数百年。

长街短巷耕读路，青墙黛瓦最江南。

蜀道

尘封栈道风吹醒，金鼓葭萌雨打萍。

剑门雄关挡万仞，伯约还在不见人。

江油关前无曹兵，涪城路阔车不停。

诸葛父子守白马，鼓声远去望锦城。

荷塘

晨风吹开一池塘，困鸟声脆抖翅忙。

碧绿满池几点红，日照富乐半山香。

肥叶仰天夏日光，翠颜秀色轻衣裳。

人面桃花沐浴出，水中仙子慢梳妆。

出川

千里出川人未回，万言家书纸上催。

老娘绝望故乡路，妻儿故去无人陪。

八十年前英雄泪，百万川军势如雷。

血洒疆场保家国，不驱倭寇誓不归。

麻辣火锅

炉火幽蓝不冒烟，滚水油红难行船。

香飘十里寻味来，只为蒿秆一身汗。

毛肚轻涮三五片，黄喉生脆口无言。

牛肉蔬菜夹海鲜，麻辣火锅馋神仙。

夏之声

鸟唱夏节歇枝头，蝉鸣赤日不知休。

低声短语私房话，高音长调亮歌喉。

电闪雷鸣风雨骤，树摇叶动衣湿透。

雨过天晴和声起，鸟蝉争鸣到初秋。

惜别

旌湖夜雨说秋意，东山日出诉夏情。

蝉嘶鸟啼千万言，钟鼓楼寄依依心。

童年的夜

云散风轻满天星，山眠树困夜深沉。

银河两岸众仙忙，大地苍茫一伶仃。

雾锁白发说书人，烟笼竖耳少年听。

明月清凉洗童心，星光悄声入家门。

失足

烈日不眠望树蝉，蛛网惆怅卷竹尖。

知了嬉戏上下飞，少年乱步难持竿。

扑通水响人不见，再看天日桥渐远。

洪水送我命一线，回湾天佑把生还。

仙人洞

高山深坑仙人洞，冷云寒雾藏金龙。

天光依稀落日月，地水奔腾听朦胧。

海

鼻山阴阳两片海，覆水难收树成排。

南下平原千万里，北望森林遮尘埃。

碧波荡漾春心在，阴云密布愁徘徊。

惊涛骇浪怨天水，不尽悲戚滔滔来。

岁月急

花落几度秋风，叶色重。

青丝昨日白发，太匆匆。

流水去，岁月急，都随风。

多少芳华春秋，如梦中。

惊梦

悬崖绝壁立云中，沧海大漠路不同。

家国故园曾相识，雪山摘月梦周公。

书剑侠义担从容，金榜红颜喜相逢。

马踏逐浪五百年，家人推门一场空。

大理

下关雄风滚滚来，上关草原花盛开。

苍山顶上采白雪，一轮圆月沉洱海。

双廊漫步海内外，南诏风情人徘徊。

三塔镇寺崇圣人，古城原来是边塞。

腾冲

崇山峻岭怒江远，万里抗战人未还。

九千壮士英灵在，还我山河第一关。

火山热海腾云烟，和顺古镇人悠闲。

翡翠满城马帮道，腾冲本是好河山。

昆明

西山秀峰睡美人，三清阁南登龙门。

阅尽人间海天色，百花齐放金鸡鸣。

滇池泛舟波似鳞，海埂观鸟锦如云。

金殿问道俗家事，筇竹拜佛脱红尘。

土林

南中认古元谋人，彩云之南看土林。

风切雨砍塑奇观，鬼斧神工筑皇城。

千座宫殿天垒成，万根铜柱镇鬼神。

泥金沙银帝王家，精兵悍将守龙庭。

相思苦

夜深独望九天，月正圆。

清风落叶低窗，人不见。

离别久，泪还流，情难断。

心伤黑发相思，白头还。

阆苑

嘉陵飞水绕太极，天宫推背斩龙脊。

桓侯武功镇风水，阆苑仙葩状元里。

山间

悠然慢行山间，城渐远。

窈窕修竹旧路，秋意浅。

风慢送，烟云重，雾缠绵。

从来近看风情，远看山。

和顺古镇

金戈铁马尘归土，深山野林留诗书。

百年祠堂传家训，万里边陲四海路。

小溪如带和顺出，老柳似雨随风舞。

荷塘石桥总相伴，粉墙黛瓦疑姑苏。

听雨

闭目池上古亭，雨纷纷。

点击荷叶心情，嘀嗒声。

诗书诵，琴瑟从，百鸟吟。

腾越听梦江南，天籁音。

醉香

早阳斜影急路，香何处。

千树万花臣服，鸟醉无。

风轻扬，扑鼻香，满城酥。

迷眼桂花一株，笑孤独。

祖国好

唧唧鸟语声，淅淅夜雨停。

浅浅东方亮，莽莽江山新。

秋凉

黄昏举伞坝上，风如霜。

潇潇秋雨池塘，水凄凉。

柳叶稀，鸟迷离，多惆怅。

都是早来寒气，晚来伤。

陶园

重阳羞涩访陶园，秋风悠然答南山。

东篱采花醉暗香，人境车马又菊仙。

黄毛白发弹指间，春花秋月不记年。

红尘难寻武陵路，诗人正说桃花源。

秋·旌城

秋，雾开日出东山秀。

天更远，风轻云回首。

秋，七彩落色林染透。

城更妖，迷人黄昏后。

秋，旌湖无言月如钩。

夜更深，银辉满西楼。

秋夜

秋夜苍苍望明月，明月浩浩知我心。

冷风凄凄送花香，花香卿卿若伊人。

江渚上

独立寒秋中央，水沧沧。

浅滩窄堤徘徊，路孤凉。

冷风起，锦毛立，心彷徨。

又见渔樵白发，江渚上。

黄金菊

心中一片晴，身上层层金。

日照仰天笑，月下说温情。

碧冬茄

形似牵牛花，轻颜如彩霞。

蝉翼随风舞，嫣然弄芳华。

月季花

花开四季满面春，娇艳八方颜色明。

母仪天下不忘寒，原是帝王后宫人。

红叶里

秋风红叶夜光杯，清溪美酒群山醉。

人间赤林家何往，漫天晚霞客不归。

晚秋

一滴秋雨一点凉，一朵秋菊一片香。

一丝秋风一寸衣，一钩秋月一城霜。

天远云稀秋意长，鱼游柳飞秋草黄。

秋思最忆故乡路，大雁秋归携情郎。

立冬

寒起北国冰冻，早来风。

吹散江南秋色，雾重重。

山黛青，水侵冷，情还浓。

红叶昨日变老，今晨冬。

红荻

冬日藏秋色，红荻银发飘。

冷风起微澜，雪涌浪滔滔。

银杏树

叶青叶黄无言中，寒来寒往岁月浓。

初冬灿烂树上霜，金银满地问冷风。

俏佳人

卿本俏佳人，也藏江南心。

奈何生大漠，春风不识君。

不知胭脂红，黄草绣罗裙。

长安风光好，难舍故乡情。

烈日天盗汗，尘暴过后生。

只为点滴水，千年留住根。

长空观日月，戈壁听涛声。

沙海变桑田，采莲往边城。

包公园·初冬

清风望明月，古柳垂珠帘。

浮庄书香浓，老荷鸭缠绵。

姥山岛

巢湖苍茫乘小舟，姥山隐约登高楼。

水天渺渺一片叶，母女遥遥泪长袖。

渴野赤地禾不收，玉帝天尊水陷州。

惊涛骇浪渡万人，焦姥孤山情千秋。

老叶

早起庭院独坐，光如梭。

寒风老叶孤伶，飘飘落。

桂不香，枝惆怅，水寂寞。

总忆树上风光，莫莫莫。

行者谣三首

其一

山一重，水一重，

昆仑葱岭烟云浓，

瑶海各西东。

风一重，雨一重，

大漠黄沙金戈梦，

孤烟望长空。

其二

诗一程，书一程，

人境车马长安门，

仗剑酒醉人。

歌一程，词一程，

明月几时落凡尘，

红叶秋风魂。

其三

花一路，月一路，

黄山南海望日出，

晨曦化薄雾。

雪一路，霜一路，

他乡故事他乡赋，

风情留姑苏。

逍遥津

荻红芦黄古津渡，马嘶鼓急退万夫。

秋老淝水文远在，直叫孙权回东吴。

长江

唐古拉山，潺潺雪融，潇潇风寒。

出西海瑶池，汇流归川；金沙银龙，

拍浪滔天。

巫山裂谷，夔门冲关，直抵金陵扬千帆。

问盘古，唯沧海桑田，才见炊烟？

蚕虫鱼凫蜀前，庄王霸业越王尝胆。

惜荆楚离骚，九歌屈原；周郎赤壁，

曹魏江山。

东坡豪气，武穆冲冠，金戈如潮海如天。

东逝水，引英雄煮酒，醉了人间。

冬雨

冬雨缠绵愁丝新，红伞徘徊等天晴。

银珠串线思春泪，一嘀一嗒落成冰。

霸王别姬

垓下寒风，摧王旗、楚歌重重。乌骓马，穷嘶力竭，绝望长空。甲胄千疮透寒气，长剑万回染江红。奈若何，对望美人泣，伫风中。

力拔山，气贯虹。灭西秦，天下封。霸王泪，扛鼎柔情英雄。纵横驰骋虞姬舞，对酒当歌多情种。何聊生，来世长相守，不回东。

冬至

夜半寒风鸣，早来窗雪清。

炉上煮冬至，杯中春渐醒。

雪

雪，波啸浪奔不停歇。

莫睁眼，苍茫周遭怯。

雪，冰天封地鸟飞绝。

寒透骨，江山银台阙。

雪，日出冰动天开冽。

尽妖娆，万丛梅先觉。

霜冻

深冬早出雾散，霜满天。

万草一夜白头，枝更寒。

双耳冽，指尖怯，风缠绵。

刺冷彻骨钻心，冻云烟。

过年

年过子时夜登台，雪落往日春徘徊。

千里温酒驱寒尘，万盏街灯照窗外。

炉火正旺家团圆，美酒飘香人常在。

不尽秋冬天天醉，再说春夏匆匆来。

兄妹情

春来冬不远，花开雪仍寒。

兄颜犹长在，妹泣泪不干。

咏梅

寂寞池塘路，望君新雪中。万花凋落独自吟，风鸣衣衫动。

辽阔处处银，素裹影影踪。融冰残雪寻颜色，一树俏正红。

春寒

春早枝上雪动，复回冬。

寂寞庭院冷巷，千城封。

寒虫醒，龟蛇惊，人伤痛。

江山白袍英雄，战疫风。

绿萝盼春

纤腰依窗前，羞涩人人怜。

飞燕展绿翅，玉环对愁眠。

庚子早春

北国玉树冷，岭南桃花红。

夏口征战急，长江水长东。

黄鹤楼·忆当年登楼有感

其一

大江东去登名楼，烟波风净水悠悠。

龟仁蛇盘望晴川，月落琴台寄晚舟。

其二

病冷毒急人空瘦，城封路凉春低头。

万里黄鹤悲成雪，数千新冢埋荒丘。

其三

荆楚自古多壮歌，中华共生痛汉口。

八方仙羽云飞来，四面赤壁还荆州。

你的眼

孤灯冷壁床前，阵阵寒。

锦袍护镜泪闪，滴滴暖。

沐晶阳，除心霜，莫万言。

最忆生命复返，你的眼。

庭院茶花

茶花枝枝院内红，桃树悄悄睡梦中。

莫道年年吾行早，只为天天笑春风。

紫叶李

梦剪春雪影，推窗见伊人。

紫衣托玉骨，冰肌羞半城。

垂丝海棠

蝶欢星星点点，粉轻浓浓淡淡。

语软羞羞答答，风浅缠缠绵绵。

桃花

初阳开颜笑枝头，春风呢喃惹红袖。

千粉万朱罗裙舞，谁领风情谁温柔。

杏花

天生白如雪，云落胭脂红。

腼腼尽妖娆，楚楚沾春风。

杏花村

杏花村径酒翁愁，牧童忙指杏花楼。

岁岁清明阵阵雨，一杯春色一壶秋。

清明祭

沥沥清明路漫长，袅袅香烟两阴阳。

默默心语伤离别，滔滔思念落大江。

春雨

夜闻春雨洗海棠，晨留轻露樱花香。

浅叶初蕊寸寸新，滴红沐玉入闺房。

樱花

粉雪压枝头，胭脂香满楼。

春阳痴情水，云裳飘绣球。

等你（黄鹤）

等你等你很久，白了头。

月圆月缺月钩，照空楼。

风戚戚，水凄凄，伤心柳。

何去何返何忧，春消瘦。

郁金香

金樽玉杯郁金香，绫罗绸缎锦衣裳。

天颜地色君天下，含祥吐瑞笑女皇。

春色

夜雨沤水心动，早惊梦。

小楼南窗轻风，绿丛丛。

群粉妖，胭脂俏，杜鹃红。

处处美色朦胧，痴画中。

立夏

立夏春不老，红粉竟妖娆。

奢恋昨日锦，莫言鬓霜好。

守望

长河如带飘万里，高山若林千年望。

秦岭一树梨花落，江南处处雨飘香。

初夏

桃花落尽江淮，夏重来。

晨曦风暖情怀，满阁台。

柳叶新，百鸟吟，声窗外。

今又万紫千红，各自开。

杨絮

高杨片片阴，低草层层霜。

细步踩轻风，飞雪罩残阳。

细君望月·读《悲愁歌》有感

凄凄泪流，倚旃墙、冷月如钩。乌孙夜、地冻天寒，冰彻风透。穹庐觱声氂氀王，霜雪痛苦红酥手。万里望、何时化黄鹄，归扬州。

匈奴侵，汉境忧。和亲路，兵不休。胭脂恨，香消玉殒还愁。壮儿自当金戈马，软女怎餐胡虏肉。胯下男、红颜赎笙歌，千年羞。

天路

群岭白发笼轻烟，高路蜿蜒入云端。

一条彩练当空舞，千根天柱立凡间。

车行云中好似船，人在雾里犹如仙。

侧目峡谷深万丈，俯瞰红日沉远山。

夏天的情绪

炸雷惊午梦，闪电撕幕云。

疾风摧残花，暴雨洗温存。

伫立·参观三台杜甫草堂遥想

涪江水冷过梓州，凤凰抖翅停牛头。

孤独多病常做客，伤情悲秋说风流。

寂寞无声它山楼，笑吟惆怅身后丘。

滚滚江风催白发，萧萧落叶作扁舟。

柳飞

清风柳叶飞，绿云染蛾眉。

雨斜丝玉新，帘卷美人归。

人间

残云听风望月，夕阳斜。

银钩独钓暮雪，西风烈。

空幽兰，夜无眠，灯不灭。

人境车马如昼，照宫阙。

筝笛浦

晚风吹玉笛，细雨拨汉筝。

曹公对酒歌，莺莺唱风情。

三伏天

烈日蒸烤三伏天，知了嘶吼几人眠。

若无风姑送清凉，多少老梦梦难圆。

新生活

夏日落秋雨，西溪梦南望。

千里舐犊情，百日闻孩香。

参观包公祠

洛阳不同天，庐州月正圆。

黑脸镇妖孽，铡出好河山。

七夕吟

银河水温柔，情深望鹊桥。纤云飞星可暗度，何愁路迢迢？

一岁一牵手，天老情不老。金风玉露长久时，暮暮思朝朝。

伤别离

夏雨秋风一度，聚散路。

低眉浅颜泪注，情难诉。

时光稀，伤别离，心若枯。

只望去时心痛，来如初。

河西走廊

河西古道跑千军，骠骑立马捣王庭。

祁连山雪化落日，月牙泉明听胡琴。

胡杨林

树，苍天赤林边陲路。

千年血，染透江山幕。

树，残戈断戟指天殊。

千年望，大漠将军仁。

树，黄沙烈日睡尘土。

千年魂，不醒英雄孤。

秋关

塞外明月大漠秋，狼烟金戈关上楼。

风干铠甲男儿血，沙吹铁马还吴钩。

边塞·参观玉门关、嘉峪关有感

大漠孤城，狼烟起、号角声声。战马烈、金蹬银鞍，咆哮奔腾。戈壁铁骑踏胡虏，沙漠狂风掩征程。血流尽、仰天故乡月，照汗青。

匈奴灭，金鼓停。游人织，旌旗新。城郭旧，汉砖唐瓦灰烬。漫漫黄沙吹尘土，遥遥他乡埋功名。光阴去、英雄多无凭，泪满襟。

梦美人

江北养颜色，皖国梦二乔。沉鱼落雁惊天下，只是初嫁了。

天颜归何处，东吴迎双娇。国色天香英雄杀，可惜花开早。

岁月

春花不知秋风凉，夏雨落尽冬梅香。

老蝉望月云泥路，一叶孤独叹残阳。

秋愁

小楼昨夜又秋风，花落庭院中。再见明月照低窗，鬓发惆怅旧霜添新霜。

玉厦琼楼萤火天，醉卧夕阳寒。只道人生多风流，不尽哀怨憾恨千千愁。

秋风起

一夜秋风蛙声绝，半池荷仙入水眠。

吹开浮云天地明，漫卷黄叶画江山。

鸡爪槭

亭前鸡爪槭，十月一抹红。

总念枫叶明，君也报秋风。

又重阳

秋风吹落叶，人间叹重阳。锦绣江山今又是，遍地菊花香。

岁月留皱褶，鬓发添新霜。昨日少年难回首，人生梦一场。

秋夜思

举头明月天，遥望故乡圆。

风寂沉旌湖，夜深挂蜀山。

醉晚秋

荻红芦黄深柳，黄昏后。

雨残云稀老酒，品西楼。

山菊新，枫叶明，落霞游。

恰是人生风景，醉晚秋。

寒风夜

寒风梦人醒，西窗瑟瑟鸣。

千啼万里嚎，一夜十心惊。

风度

天上广陵散，世间一人弹。

兰亭觅知音，心中桃花源。

天下黄山

万马嘶鸣锁空山，群雄逐鹿云海间。

龙腾仙飞碧空镜，峰叠路悬天外天。

残荷

塘依旧，腰空瘦，烟雨寂寞黄颜皱。伶仃杆，北风寒。

冷池孤独，无处枕眠。怜怜怜。

心依旧，骨空瘦，粉面绿裳昨日休。胭脂薄，转头落。

秋去冬来，谁怨蹉跎。莫莫莫。

老树

雀鸣落日黄昏，树无声。

叶枯皮皱老人，怕红尘。

月弯弯，蔓云缠，盘古根。

看惯秋枫冬雪，笑花心。

南艳湖落日

冬日游新湖，南艳轻梳妆。

中堤烟云桥，红日落大塘。

待春风

青山绿水独一枝，瘦燕细腰风情在。

待到春风轻轻时，玉女云裳悄悄来。

雪照亭

冰桥雪盖黄叶冷，擎柱疏栏照空亭。

泪凌情长冻夜话，霜打鸳鸯风吹影。

蜡梅

夕阳染翠黄，明玉藏幽香。

朔风撩轻绡，独艳美娇娘。

比高楼

高楼不知寒，比翼刺破天。

左手托明月，红日扛右肩。

立春花

冬日立春花，俏枝吐红霞。

淡云施脂粉，香满寻常家。

白梅

春风扬冰花，老树飞新雪。

醉香翩翩舞，金蜂搂玉蝶。

大雪煮酒

小楼煮酒漫天雪，玉液琼花片片衣。

总把银装换杜康，谁问庭前草萋萋。

一窗雪

北风催寒意，新雪落窗台。银枝素叶描画屏，江山在窗外。

玉树挂琼花，蜡像泪痕在。日出东方好美景，雪融春再来。

二月柳

轻雨淡雾云烟，二月天。

如诗如画如幻，梦江南。

细风吹，新蛾眉，卷玉帘。

又见妖妖绿裳，舞翩跹。

思春

思春不见春，晓梦留温存。

挑开窗边纱，遥遥望佳人。

白玉兰

华灯初上朵朵雪，星光烁烁挂树梢。

只道银河落九天，羽衣仙子分外娇。

下 篇

心海拾贝

春

春，是枝头开始融化的白雪

昨天还是满树银花

今儿就欢天喜地地落下

迫不及待地冲向大地

哪怕是粉身碎骨，也要

早一点拥抱魂牵梦绕的妈妈

春，是略带一丝寒意的和风

寻过千山万水，问过千沟万涯

只为日思夜想的那个她

来时还徐徐，去时却如千军万马

猛然发现一片净土，哦

停下脚步，虔诚地住下

春，是湖边老柳刚刚生出的新芽

终于顶破了母体的篱笆

肌肤如脂，笑脸光滑

蒙蒙胧胧的小眼一眨一眨

深深的滋润雨露，为的是

从生命的沙漠又一次出发

春，是原野上绿油油的小草

微风搂着细腰，曼妙挺拔

一望无际，宛如大地油亮油亮的美发

散着淡淡的发香，踩着欢快的步伐

迎着春的暖阳，收着春的风信 ，去吧

尽情展示生命的气息，青春的精华

春，是家门口盛开的樱花

花瓣连夜舒展，娇媚无瑕

醉了我心，迷了天下

一阵微风，碎地般的金银飘飘洒洒

在空气之中尽情地飞舞，啊

阳光知道了，春已经长大

春，是午后昏昏沉沉的美梦

时光之虫在记忆中慢慢地爬

酣畅淋漓，见过仙女，伴过大侠

在过往之中徘徊，也在回忆中潇洒

什么声音破碎了梦境，唉

再美再长的梦也要回家

春，是装满一年四季的高铁

时光穿梭，从此时此刻出发

越过湖泊山川，飞驰在平原高峡

离开时还是萧瑟的秋冬

到达时已经是温暖的春夏，啊

原来人间到处都有春的童话

你住在

你住在水晶般的月亮之上

那里有每一个生命的憧憬和幻想

晶莹剔透，黑夜的心啊

在安静的夜空里被照得透亮

你住在巍峨的高山之巅

那里有森林的骨骼，大地的脊梁

峰拽着岭在云海里尽情地旋转

唱不完的是风情，看不够的是风光

你住在一望无际的大草原

茵茵绿草，大地又换了一件盛装

海子如镜，放马牛羊

时间被量子纠缠，被时空拉长

你住在广袤无垠的原野

花开四季，泥土飘香

冬日里，银装素裹，寂静无言

秋日里，有一点红枫，就有一片金黄

你住在遥远的大漠深处

沙丘柔软起伏，如身披薄纱的新娘

轻盈的流沙从脚背上面轻轻流过

千百年的孤烟直通天上

你住在碧蓝万里的大海

粉红色的晚霞抹在天边，撒在海上

每当天地睁开眼睛，最先

看到的是，从海水里沐浴而出的太阳

你住在行者走也走不完的路上

前面有不一样的风景，就在路的两旁

你是谁，你在哪里，哦

美，就在旅途的远方

失落的泪珠

我是一滴小小的泪珠

我胆怯，常常在眼眶里不愿意流出

因为一旦离开

再也找不到回家的路

我是一滴小小的泪珠

我湿润，但我不是雨露

滋润不了一草一木

只有一点微光，可以到达心灵的深处

我是一滴小小的泪珠

我透明，所有光都能看清我的全部

沧海桑田，斗转星移

我还是我，洁净如初

我是一滴小小的泪珠

我冷漠，但也有温度

爱情聚合时，我在眼眶里跳跃庆祝

亲人离别时，我身体都是饱满的酸楚

我是一滴小小的泪珠

我悲情，因为见过太多生灵的痛苦

抵达彼岸的，屈指可数

灰暗的色彩，总是在眼眶里密布

我是一滴小小的泪珠

我脆弱，短暂的生命是以分秒计数

但我相信，只要我从眼眶里爬出来

就一定要为所有的存在而欢呼

我是一滴小小的泪珠

我勇敢，还是要倔强地从眼眶里漫出

宁愿在脸颊的戈壁上风干

也要捍卫一滴眼泪的荣誉和气度

戈壁上的那条路

我独自行走在戈壁的路上

这里没有车流如潮，也没有人来人往

只有天空下面的戈壁

一条路若隐若现，连接着荒凉

风沙和石子在旋转

太阳伴着我和我的行囊

没有了城市森林的喧嚣

也听不见鸟儿的歌唱

只有石子发出金戈铁马的声响

才让我仿佛穿越到了汉唐

任凭风拍打我的脸，扯开我的衣裳

我像风一样顽强，顽强地奔向前方

戈壁风终于停了

我抖抖身上的沙子

它们也许来自遥远的伊犁河床

捡起随风飞落的几颗石子

是不是出自玉门关的城墙

脚下的路踏过太多的马蹄

雄关漫道，英雄故事，儿女情长

时间被戈壁风吹得飞灰湮灭

却被浩若星辰的残垣遗址收藏

我停下脚步，静心伫立

安静，才能真诚的仰望

我仰望天空，蔚蓝，深远，明亮

是无边无际的苍穹

罩住了地球宽阔的胸膛

我平视戈壁，一望无际

巨大的深蓝的圆被画在了戈壁边上

那是天地之间的鸿沟

遥远，美丽，苍茫

啊，我狂奔向前

太想去看看美丽的鸿沟是什么模样

当我精疲力竭时

深蓝的环形地平线还在很远的远方

我继续行走在戈壁的路上

这条路美丽而漫长

数星星

夜深人静，草原无声

风停树困，万物安宁

我和草原仰望星空

星光洒满了我们全身

金星，木星，北斗七星

天狼，紫薇，争相辉映

银河近在咫尺

伸一伸手，试试水温

一颗又一颗流星刺破夜空

尽管只有短暂的划痕

也给蓝色的天幕增添了光明

星光灿烂，就在今夜星辰

离我很近，很近

停一停，数不完的星星闪花了眼

我闭上了眼睛

还在想，广寒宫会不会同意

让我摘一颗放到手心

沙的命运

沙总是被风搂在怀里

又轻轻地放下

感觉风是沙的妈妈

但有时候又被风举得高高

突然猛烈地砸下

那情景，沙感到心疼

也有一丝害怕

随着风起风落，无数次地摔打

沙明白了，他们来自沙漠

是风一直带着他们长大

带他们上天入地

带他们游走天涯

带他们在新的地方住下

有的去了戈壁和原野

有的去了残垣和断崖

而他，一粒孤独的沙啊

还在想念沙漠

想回家

从来处来，回来处去

让风一直带着他

那山那雪

山在雪的被窝

雪在山的怀中

山是雪的筋骨

雪才起伏跌宕，波推浪涌

雪是山的锦衣

山才银装素裹，千里冰封

山让雪妖娆

雪扮山从容

山为雪严寒冰冻

雪为山遮雨挡风

有了山

雪才摸到寒冷的天空

有了雪

山才有了北国的生动

山甘愿默默无闻

也要让雪瑰丽雍容

雪宁愿慢慢消融

也要滋润山的一草一木

直到化入山的泥土之中

那山那雪，年复一年

度过了数不尽的春夏秋冬

如千百年的伉俪

一旦牵手

总是情深意浓

总是生死与共

樱花

你嫩如婴儿的脸蛋

屏住呼吸

害怕有一丝气流

把你幼嫩的皮肤刺穿

你娇如少女的笑脸

羞涩，腼腆

轻轻地摇摇头

甩出的是满地香甜

你灿如星星撒落人间

一颗颗挂在树上

让无数人迷恋

而你，星光灿烂

你粉如天上的云帆

红光里照雪莲

白光里看牡丹

妩媚，娇艳

你静如停止的时间

空气流走了，地球停止了转

你的表情依旧

热情再次被点燃

你美如天仙

沉鱼落雁

路过的风，为了你

也要流连忘返

一片落叶

一片落叶，轻轻扬扬

落在了地上

还带着昨晚离别的泪花

和今晨绿色的清香

风起了，是告诉落叶

她要走了，要去远方

她在风中翻滚

围绕着树干，树枝和树根

低声吟唱

她舍不得离开她出生的地方

大树给了她生命

太阳看着她成长

看惯了树下的人来人往

听惯了树林中鸟儿歌唱

也曾娇媚动人

也曾口吐芬芳

望着曾经待了很久的树枝

她的气息都还留在枝头上

朦胧中，有新芽露出

啊，新叶又要沐浴雨露和太阳

落叶坦然，随风而去

去她新的地方

尽管她不舍，她惆怅

但她不失望

因为她知道，树会越来越茂盛

她也许会再一次发芽，生长

在新的树枝上

小雨

小雨纷纷

落地轻轻

打在她的红雨伞

却湿了我的衣襟

暮色中不见了往日的夕阳

只有河堤上朦朦胧胧的路灯

晚风来临

是有一点冷

但我们牵着的手拉得更紧

路灯下，我帮她捋捋鬓发

她给我理理衣领

这熟悉的动作

总是那么温情

那么暖心

我们对望着

发现对方的白发又多了几根

我们笑了

但无声

帮对方轻轻擦去眼角的雨痕

我们知道无声胜有声

我们庆幸

庆幸我们相聚一生

路边的座椅已经水淋淋

只有缓步继续前行

这条路携手走了几十春

路上已经镶满了我们的脚印

前方，小雨继续淅淅沥沥

在灯光中飞舞，欢腾

宛如闪烁的流星

我们的心却平静

安稳

微笑

浅浅的一个微笑

回到从前

那里书声琅琅

灯火阑珊

懵懵懂懂的少年

第一次离开家

来到你的面前

迎接他的就是你的声音

你的笑脸

课堂上，他怯生

自愧，着急，无言

你轻轻地看了他一眼

他在微笑中找回了自信

找到了灵感

下课后，你总能把他心事看穿

他想家了

你的微笑里就有更多温暖

他生病了

你把汤药送到床前

微笑里都是情意满满

徘徊时，你的微笑总是

及时出现

微笑里有鼓励，鞭策

轻言细语，语重心长

就是没有半分责难

夜深了，经过你的窗前

灯亮着，照亮一张清秀的脸

你批改作业，埋头伏案

面前本子堆积如山

而你，明天上课微笑依然

毕业了，再次来到你面前

你重复着嘱托，微笑灿烂

当时，他想对你说

老师，你放心，我已经长大了

已经是一个男子汉

毕业后，他去闯荡，去承担

但他总能想起你的声音，你的笑脸

成功失败，苦辣酸甜

一路风尘，总有你的微笑陪伴

这是他的幸运

直到永远

川人不怕

深夜，市灯芳华

高楼如塔

又一次地震来临

川人说，不怕

美丽的妻子被震醒

问老公，怎么啦

老婆，不怕

刚才的响动风吹的

老公紧紧抱住妻子

他们安心地又躺下

稚气的幼女被震醒

连声喊妈妈

妈妈说，不怕

我们去卫生间躲一躲

保护你有妈妈

保护我们有爸爸

瘫痪在床的爷爷被震醒

儿孙们束手无策，感到害怕

爷爷说，不怕

经历了5·12

这个地震算个啥

川人如铁打

震不倒，压不垮

李高工夫妇被震醒

两双眼睛盯着床头柜上的电话

铃声响了

是地球那一面女儿的牵挂

面对女儿急切的询问

夫人轻轻地说，女儿，不怕

是的，灾难面前

川人团结

川人不怕

那片海

我与海，一次邂逅

知道了她的性格

让人捉摸不透

刚刚还在沙滩上漫步

表情平静，手牵着手

一转身，就已经是

粉红色的脸，粉红色的眼

和粉红色的衣袖

火热的表情像暖流

温暖了世界

却钻进了我的心头

我闭上眼睛，深深地吸一口

贪婪地想把粉红色吸个够

睁开眼睛

她激动的表情藏到了身后

看不见娇羞的脸

也找不到红酥手

我沿着柔软的沙滩走

虽然看到的是黑色的愁

但我听到了她的心跳

还在激动地拍打着滩头

我躺在沙滩上，听着她的呼吸

为了她的笑脸守候

醒了，眼前的她

蓝衣蓝裙，甜甜的微笑

把空气都蓝透

明亮的表情

送出的是淡淡的娇羞

淑雅而又高贵

宽广而又深稠

真正的大家闺秀

啊，那片海

让我记在心头

时间小影

时间是光

穿过云雾

把黑暗照亮

让生命看到了起点

也让世界找到了前方

时间是水

永远在流淌

变化无穷无尽的形状

就是没有

自己的模样

时间是尺子

把运动度量

星辰变换，宇宙洪荒

电子对撞，心驰神往

一切都在时间的刻度里移动，徜徉

时间是隧道

万物来来往往

前行的是正向

返程的是回望

岔道止行，可能因为太荒凉

时间是柔软的弹簧

可短可长

弹指一挥间

斗转星移，世事沧桑

而上坡的路却总是那么漫长

时间是炉上的清香

香火不灭，是对生命的渴望

香烟缭绕，是对灵魂的信仰

这里是时间的一个窗口

任何思想都可以到达天堂

时间是蓝色的梦想

星际旅行，宇宙翱翔

精神驰骋，纵横思想

时间成就最多最好的美梦

因为他有巨大无比的翅膀

时间是亲人

像是世界的亲娘

十月怀胎，万物从黑暗看到阳光

生命风情种种

希望在时间的怀里滋润，成长

时间是魔鬼

总是破碎幻想

时间的路上总有地震，疾病

生命的贪婪和疯狂

为什么前程不能都是坦途和善良

时间也许只是一枕黄粱

不知道他从哪里来，家在何方

去往哪里，路有多长

他存不存在？是不是被弯曲

还是人们的猜想

异想天开

（一）

伸手一拽

把前面的风拉回来

向天空

摘一片云彩

风牵着云

一路温情到塞外

这里，雨过天晴

那里，酷热不在

（二）

闭上眼

把思念打开

乘着思念同行

越山跨海

瞬间就到

朋友，万里之外

把酒言欢

各抒胸怀

睁开眼

又回到原来

（三）

把玫瑰

种上云彩

让云彩

鲜花盛开

花香飘上月亮

把月宫都覆盖

香气诱出仙人

请月宫主人天天来

从此没有黑夜

夜晚，也是光明的世界

放开手

握住一片光

不让流走

害怕在夜色中

徘徊得太久

捧着一串音符

不让泄漏

寂寞的世界

让人太难受

接着一片落叶

不愿意丢

丢了就

回不到枝头

抓住一把时间

不松手

光阴荏苒

似水流

扯着几根黑发

不让白了头

两鬓点霜

回不到十八九

托着一轮落日

不让走

夕阳西沉

把心都伤透

拽着一弯明月

挂上阁楼

太阳回去了

月亮温柔

哦，闭上眼

一切都会溜走

放开手

不用挽留

睁开眼，阳光总在

黑夜的背后

放飞心情

还给岁月以自由

人生来去

一无所有

又何必

为了几粒尘埃

留下忧愁

小城故事

小城有雨

淅淅沥沥

拥挤着的雨伞

赤橙黄绿

遮住了整条街

摔碎了雨滴

小城有河

弯弯曲曲

城隍住上游

下游住着土地

小鸟在对岸吟唱

小草听惯了她的呼吸

小城有风

清风微徐

绕过东

去过西

带来了桃红

送去了柳絮

小城有山

山路不崎岖

踏青纳凉

亲朋齐聚

踩雪望梅

犹如在隔壁

小城有楼

楼高只有几许

登高望远

小城尽收眼底

大街小巷

纹路清晰

小城有泪

轻轻哭泣

怕惊了

树上的鸟啼

也想不打扰

城那边的亲戚

小城有喜

鞭炮四起

恭贺声飘过街坊

醉倒邻居

温暖了半边城

甜在自己的心里

老师

你的笑容像一束阳光

把学生的希望点燃

洒在少年生命的心灵

让青春信心满满

你的声音像一股暖流

直达学生的心田

师爱无疆，大爱无限

学生感受到了另一份温暖

你的目光像一道闪电

给大地送来了能源

也让灵魂感到了震撼

严厉原来可以无言

你的手指像一支画笔

在黑板上总也画不完

写出了最美的文字

画出了最美的图案

你的大脑像一座宝库

知识，思路总是源源不断

学海中感恩有你的指点

书山从此不再那么艰难

你的思想像一盏明灯

指引学生向前

成功时想起你，心甜

困难时，你鼓励的声音总在耳边

你的胸怀像一片大海

宽广无边

装得下无数学生的苦水

也要把一批批愿望送上彼岸

你的生命像一支蜡烛

在混沌中燃烧，越来越短

照亮一个又一个学生

留下的是烟火，那是你的笑脸

你的精神就是一座丰碑

伫立在天地之间

把爱留在世上

留给学生的是无尽的怀念

雨声

夜深

窗外有雨声

不由想起

远方的亲人

那边有没有落雨

雨中路

滑不滑，平不平

雨声越来越急

雨中有没有你们

带没带伞

或者在树下

停一停

哦，哗哗的声音

雨，正在树林

你们有没有觉得冷

穿没穿毛背心

雨滴，悄悄地

流出眼睛

打在雨棚上

滴滴答答

清脆，钻心

慢慢地

雨声变稀

越来越轻

我知道

你们来过了

雨声是你们的呼吸

你们还要去看望

远方的亲人

雨停了

久久不能平静

还在想

远去的雨声

生命来自……

生命来自风

风吹来

在迷茫的黑暗里

一点点幽灵

像生命的萤火虫

忽西又忽东

生命来自云

云飘来

宽广无垠的天空，

一粒粒生命的尘埃

飘忽不定

久久悬在半空

生命来自雨

漫长的雨季

心事重重

温暖湿润的心情

小小的雨滴

把幽灵和尘埃

埋入生命的希望之中

生命来自光

千百年光的照射

生命开始朦胧

光送来了温暖

源源不断

生命慢慢蠢蠢欲动

生命来自雷电

天动地惊

翻江倒海

生命的雏形被唤醒

从此，生命轰轰烈烈

从从容容

陶醉

用我们的酒杯

斟满清晨的露水

剪一段时光

放在手心

优雅地揉碎

只要你轻轻地

轻轻地一吹

爱情之雾弥漫

满天飞

刹那间，酒香四溢

花园群芳陶醉

花瓣纷纷倒倒

半痴半睡

红色的花瓣飘落杯中

闭眼闻一闻

是玫瑰

风停了，云住了

鱼虫脸红

鸟儿不再飞

抿一口杯中酒

清冽甘甜

沁人心肺

来，干杯

不醉不归

哦，我们的七夕

我们没醉

玫瑰

也亲切，也微笑

也有春风一样的美好

也挺拔，也自豪

也有冬雪一样的骄傲

也娇艳，也妖娆

也有夏曲一样的风骚

也矜持，也清高

也有秋色一样的明了

给我一点光

我灿烂的，明亮的红色

会把你的时空拥抱

给我一丝风

我诱人的，放肆的香气

会让你嗅到真正的美妙

给我一个吻

我羞涩的，娇嫩的花瓣

会让你陶醉到老

给我一个音符吧

我火热的眼神

婀娜的身姿

会伴着你翩翩起舞

和你一起心跳

早秋

夏不愿意走

秋深情地挽留

风烫烫的

感觉不到一丝丝秋

艳阳早早地爬上山头

微笑的光芒

把树叶的心情都烤透

知了时而激昂

时而凄厉，长鸣不休

惊动了水里的鱼儿

吐泡，抬头

随声起舞的，还有

岸上的老垂柳

一片云飘过

太阳退到了背后

小雨纷飞

淋湿了知了，鸟藏枝头

雨落池塘

看不见鱼儿在游

银线千根

那是夏秋在告别

依依不舍，热泪长流

他们知道，夏即将离去

有相聚就有分手

为了一个承诺

他们等得太久

为了一个拥抱

他们苦苦守候

离愁别绪

想说又说不够

夏只是想让秋记得

他也曾经绚丽

也曾温柔

秋只是想告诉夏

四季轮回

夏还会复返

在明年的春天后

记住他们的约定

相逢在立秋

生命在这里

生命在这里

第一次见到曙光

也是在这里

正式宣告死亡

生命在这里

第一次闻到奶香

也是在这里

开始想到了阎王

生命在这里

迎接鲜花和赞扬

也是在这里

吞吐泪水和忧伤

生命在这里

时而欣喜若狂

也是在这里

独自悲伤

生命在这里

寄托生的希望

也是在这里

接受死的迷茫

生命在这里

拥挤，嘈杂，彷徨

也是在这里

感受孤独和凄凉

生命在这里

被无情地，仔细地欣赏

也是在这里

失去了尊严和荣光

生命在这里

天使帮他回忆人生

也是在这里

质疑天使没有生的翅膀

其实，每一次离开这里

生命都是新的模样

正是在这里

是新生命出发的地方

只是都不知道

生命来来往往

太匆忙

遇见你·贺夫人六十岁生日

秋季。深不可测的天空

一望无际

我独自行走在草原

秋风萧瑟

空旷，孤寂

一阵阵寒意

只有我的皮囊

和我紧紧贴在一起

一只苍鹰冲过头顶

对天长啸，嚎啼

看前面，草原出现一片金色

海一样的暖意

金秋，因为遇见了你

冬季。白雪覆盖苍茫

黑夜，不知道天在哪里

一步一个脚印

串连成孤独的足迹

深深地嵌在雪里

雪花打脸

空灵的世界只有我

在倾听雪风的凄厉

一片亮光闪烁

慢慢升起，刺破天际

照亮了寒夜

我好像看到了极光的奇迹

暖冬，因为遇见了你

春季。雪还压在心里

天空呼吸的还是寒气

被冷风无情地撕扯着

田野这般荒芜

视野里看不见点绿

望眼欲穿的春天

迟迟不来

孤独的心像遥远的戈壁

一声响雷

摇天惊地

刹那间，绿满原野

花开遍地

春美，因为遇见了你

夏季，骄阳燃烧着时间

灵感闷热无雨

知了高声嘶叫

吞吐着源源不断的怨气

歇斯底里

我离开唯一的大树

又暴露在烈日下

太阳看我也赤身裸体

一堆云滚来

我好像才有了呼吸

清风迟来

闻到了一丝丝的凉气

夏好，因为遇见了你

哦，你在春夏秋冬

我在一年四季

是你，陪伴我行走，不离不弃

是你，改变了我的天气

从此，岁月静好，风和日丽

因为，遇见了你

中秋夜

我才

把窗推开

一束光

迎面而来

如流水

婉转徘徊

似秋波

深情一脉

捧一捧

溜走得太快

闻一闻

淡淡清香

似乎还在

问一声

她无言，是深闺的风采

深吸一口

啊，温情满怀

眨眼间，那轮明月

落在了窗台

明亮如镜

镜里有我的姿态

洁美如玉

无声，绝世光彩

看见了

上面的山川气派

听见了

里面的风送雨来

轻轻摸了摸

月宫的楼阁亭台

唉，太想摘一朵

月亮上的云彩

抖一抖雨露

放回窗外

心醉了

还是不见佳人走来

想念她

今夜无眠，默默发呆

明年中秋夜

还会再来

窗外

人在车上

眼望窗外

早阳的温度

留在了站台

田舍一瞥而过

树林都模糊成排

路上行人匆匆

没看见就眨眼离开

前方的群山

扑面奔来

云恋在山的怀里

山化作云的舞台

看见了，风在起舞

翻动了山上的云彩

吹开了不一样的山脉

此中美景

也只有天外来

快快快

车载着我

冲进了山的胸怀

也不管山洞有没有出口

黑暗就在窗外

好像时间已经停摆

只有这个瞬间

手才会放到胸口

问问，心跳还在不在

轻轻地闭上眼睛

静静地思考

生命为什么奔跑

为什么迫不及待

起点的方向在哪里

终点是不是就在原来

再次迎接光亮

银河灿烂，星光如海

又一次旅行

是又一个世界

又一次出发

是又一次归来

哦，生命也是一次旅行

因为地球太美丽

诗和远方太精彩

所以一定要来

再回首

新的风景又在

不一样的

窗外

住在城市

我刚

推开窗

就看见阳光

照射在一栋栋

越来越新越来越高的高楼上

感觉到了城市的明亮

但是，却找不到太阳

原来太阳被高墙遮挡

听见了

大江大河奔流

哗哗哗水响

这是生命的源泉

登高望远

却找不到河床

原来河流变成了车流

水流的声音来自

如彩带般漫天飞舞的

高架路上

漫步在小区

林荫小道通幽处

树木茂盛

桂花飘香

森林花园都搬到了城市

还有小溪和池塘

往日宁静的乡村

会不会感到孤独和荒凉

夜晚，习惯仰望

没有星星

没有银河

也看不见月亮

但是却灯火辉煌

哦，他们都下凡人间

群星闪烁在千家万户

银河在夜晚的大街上

尽情流淌

月亮在楼群后面

悄悄躲藏

人们都挤进了城市

就连天上的星辰

也一样，向往

只是不知道

这是不是世界的

终极理想

还是人类的

一厢情愿

一刹那的疯狂

秋菊

我开在山坡上

野花野草都在我的身旁

看惯了他们的笑脸

也迷恋他们的粗犷

我开在小溪边

身边的溪水

欢快，清凉

日日夜夜

总是在静静地流淌

我开在大路旁

见过太多悲欢离合

车水马龙，人来人往

人情冷暖，世事沧桑

我开在田野中

没有麦田一片金黄

瘦弱的身躯

只为秋色多一点明亮

我开在秋风里

秋风扫落万花

我还在开放

虽然

只有浅浅的花香

我开在百花园

没有牡丹富贵，春兰幽香

也没有玫瑰妖娆

更没有荷花水汪汪

我不是花仙子

也不是花中之王

优雅，朴实，骄傲

才是我的理想

我土生土长

吟秋风，沐秋霜

永远盛开在

秋天的心坎上

雪花的心事

刚刚醒来的雪花

不知道天寒

轻轻扬扬

飘飘然然

揣着心事在空中欢舞

与风一起缠绵

就是不想那么快

落到地面

她要去远方

让大地银装素裹

让高岭冰封雪山

她要去森林

让银色的花

在千树万木上开放

仙境般树挂

在江边留下她的思念

她要去北国

千里冰封，万里雪关

她要去江南

点化秋色，雪落兰苑

她要去找寻爱情

让她的恋人，风

一路陪伴

哪怕香消玉殒

也要兑现她的诺言

让她的爱荡涤尘埃

滋润荒原

让纯洁，一尘不染

明年，又是一个

美丽，明亮的春天

尽管，她的生命很短暂

却情意绵绵

虽然，她是花不是花

但是，她在万花丛中

更加绚丽，灿烂

光线

冬天

盯着太阳看

可以看见无数根光线

每一根上面都住满了温度

只需要一根一段一点

就可以把茫茫黑夜引燃

但为什么

背阴处总是背阴

黑暗中还有黑暗

多么希望

光线可以转弯

让寒冷的角落

也有热情和柔软

时空里的精灵啊

请往那里瞟一眼

哪怕是用眼角的余光

也许那里

就是一片温暖

不是因为寂寞

也不是那里可怜

再高傲的灵魂

也有阴暗

在灵魂的深处

更需要你的眼睛

投出去炽热的光线

把时间留下的忧伤和潮湿

烘干

留给你的心和世界

淡淡的蓝蓝的天

飘落的风

风，像无家可归的孤儿

永远找不到回家的路

不知道从哪里来

也不知道去往何处

他，忙忙碌碌

给季节

送去春夏秋冬

给天空

送去云卷云舒

奔大海，走沙漠

拂麦田，穿峡谷

一路云和月

千年尘与土

唱不完的芳华绝代

吹不尽的枝茂叶枯

他哭过

诉说生存的艰辛和痛苦

他笑过

陪伴春天的花开满一草一木

他吼过

对着桀骜不驯的大海，发怒

他温柔

如羞涩的少女

他无私

总是无休无止地付出

没有人问

他祖籍何方

有没有家谱

听没听过他的乡音

见没见过他的住处

他总是在不停地

行走、奔跑、狂呼

因为，一旦停下来

他就消失得无影无踪

只有下一次喘息

才听得到他的脚步

哦，其实他是上帝的呼吸

飞扬人间

滋养万物

飘落的风啊

总是在流动

为世界的精彩，歌舞

而他自己

永远不知疲倦

辛苦

感恩 2019

春风送来温馨的气息

给时间留下了

如梦如幻的芳华

夏阳点燃潮湿的记忆

拥抱着生命的激情

染红漫天晚霞

秋月用金色装扮大地

让秋思更加丰满

秋雨也意气风发

冬雪覆盖白茫茫的江山

只剩一枝红梅

孤独的与我说话

2019 指引我步入新的世界

遇见了你和他

前面

风景如画

雾

闭上眼睛

世界一片冰凉

睁开眼

白雾迷茫

我仿佛被包围

在云雾的中央

最熟悉的小河不见了

只听见哗哗的河水响

踩了千万次的小路不见了

只是凭着感觉在云里徜徉

路边的树林不见了

只是闻到了冬梅的冷香

高楼大厦不见了

只是隐隐约约

有一点点微光

是星星还在闪烁

还是若隐若现的月亮

熙熙攘攘的行人不见了

只听得见路人的呼吸

路人的心跳

和路人踏步的声响

哦，原来世界不见了

但好像又在

隔壁的一个地方

是我在云里雾里

还是世界

找不到方向

明白了

腾云驾雾

不是科幻

平行宇宙

不是想象

只需要一阵风

轻轻地吹过来

我才能走出梦境

世界也才是

红尘的模样

致敬天使

你们是天使

白大褂是你们的翅膀

当万人空巷时

为了别人的生命

你们还在寒风中飞翔

你们是战士

灵巧的双手是你们的刀枪

敌人无论大小远近

来犯必诛

不管他们来自何方

你们是英雄

医院是你们的疆场

保卫千万人的生命

舍我其谁

行动就是你们的担当

你们是儿女

亲人就在不远的地方

从你们离开家

白发的老妈就为你们祈祷

沉默的老爸就在窗口遥望

你们是父母

出发时把儿子照片带到了身上

抢救好一个孩子的间歇

看看咱家儿子的照片

疲惫的身心又有了力量

你们是凡人

血肉之躯也会感染也会受伤

病毒像瘟疫无孔不入

而你们深入其中

用身体和生命把魔鬼阻挡

你们是希望

当千万人心中恐惧

眼里迷茫时

看到你们的勇敢

生命才又展开了更有力的翅膀

边界

你总在

突然之间到来

让人猝不及防

还未眨眼

你就已经排山倒海

寒风打战，万人空巷

滴答的时间沉默了

害怕染上你的色彩

城市的脚步停止了

仿佛时空已经开始摇摆

千百年，一次次

你都是这样折腾人类

换一件马甲

气势汹汹，重新又来

多少个春天被你毁灭

无数个生命被你伤害

不知道，你为什么仇恨

让仇恨的种子经常发芽

而根在多少个世纪前

就已经深埋

在无数次的搏杀中

你一次次被杀死

又一次次变异

变得越来越回不到原来

人类一次次抵抗

又一次次注入新的疫苗

最终会不会变成

可以吃掉你的妖魔鬼怪

其实，和平的天地

多么美好，多么迫不及待

地球很大

容得下千千万山河湖海

空间浩渺

有生命的缝隙

也有你的存在

虽然，你看似渺小

但你只是在蛰伏在等待

生命貌似强大

也只是多了五脏六腑

谁也独霸不了这个世界

同生共存，互不侵犯

生命和你太需要一个

共同遵守又无法逾越的

边界

因为生命和你一样

都仅仅是浩瀚宇宙中

轻轻飘过的一粒尘埃

在果壳里

艰难地寻找着

未来

安静了

终于安静了

不用屏住呼吸

时刻都能听到自己的心跳

高楼寒风让人清醒

城市很大我却很小

冷清空旷让城市清醒

宇宙很大人类很小

第一次感觉到

世界是那么拥挤，那么烦躁

虽然春天就在院墙外

也只能回忆她去年的味道

是魔鬼的主动入侵

还是有人闯入了别样生物的城堡

是人类太嘈杂

还是人类太高傲

是谁惊醒了睡梦中的病毒

还是连空气也受不了

红尘中的喧哗和尖叫

这个时空

有日月星辰

也有细菌细胞

人类从来不是唯一

不是主宰

为什么就不能谦恭，低调

醒来吧

自封的伟大的精灵

放下身段

回到芸芸众生，世间万物的怀抱

哦，世界安静了

是又一次

对生命的警告

遇见春天

当心情遇见春光

盘根错节的大叶榕不再深沉

虽然皱褶爬满了过去的心伤

枝叶茂盛的树冠

仍然折射出千万个太阳

当思念遇见春雨

休眠了一个冬季的柳梢悄悄醒来

虽然老叶依依不舍随雨飘荡

嫩绿的芽胎

仍然奋力站在了枝头上

当野性遇见春色

一无所有的空气都开始贪婪

虽然到处混合着寒气和苍凉

热爱风情的花朵

仍然色彩斑斓，漫山群芳

当愁云遇见春风

眉毛和小草一起舒展

虽然乌云密布，心眼彷徨

但只要闭目养心

风过，明净的时空里就只有草香

当失眠遇见春梦

辗转反侧变得越来越渺小

虽然春天的梦不是每一个都漂亮

那个世界的你

也许更有诗意，更坚强

我不想忧伤

我不想忧伤

但今天的日子

已经烙进了我记忆的天堂

那天你突然离开

才让我感受到了

5·12真正的剧烈摇晃

每年的今天

眼前总是残垣断壁

一阵阵的苍凉

虽然鲜花已经盛开

我知道，你再也看不到

升起的太阳

你离开了我的世界

我的世界从此空旷

没有了你的笑容

花园里少了妈妈的芬芳

没有了你的唠叨

在人流中总有些许迷茫

没有了你伫立阳台

回首再也看不到你

温暖的目光

我已两鬓斑白

但还是经常想起你

把我捧在手心上

我问过风，问过雨

想知道你去了何方

是否孤独，是否安好

是在故乡还是在远方

那里也许永远黑暗

也许冬天无休止的漫长

无论在哪里，照顾好自己

是我唯一的期望

啊，小雨又淅淅沥沥

淋湿了我的眼眶

我不想忧伤

却还是忍不住

忧伤

春天来了

春天带着风

从远方走来

惊动了山边的森林

睡梦中的露珠

在树叶上摇摇摆摆

终于醒了

轻盈地勇敢地落下来

滴滴答答

黄金般珍贵的春雨

淋湿了池塘和干涸的心

大地轻轻地松一口气

哦，泥土又开始敞开了胸怀

小虫动了，小鱼游了

岸柳吐出新芽，不再徘徊

雨过天晴

桃花李花都一夜盛开

吸一口笑亮了时光的春风

是清甜的味道

是迷人的色彩

小鸟抖抖湿漉漉的羽毛

冲向水面

叼起一片新叶

飞向天空，掠过花海

翅膀奋力扑打

向上再向上

想与天上的云同在

鸟儿踩着风飞翔

他是要给山那边的亲

捎去春天的信笺

还有他的欢喜

他的爱

子夜花

晚风很轻很轻

午夜很深很深

星星都进入了美梦

只有我知道

黑夜的真诚

默默地欣赏着

风的安静

呼吸很轻很轻

天空很深很深

万物都在痴情

一丁丁叹息

一点点爱恨

都收藏在我的记忆里

甜言蜜语

说给我听

宇宙很轻很轻

未来很深很深

日月星辰放进我的指尖

盛开和日落

都不过是繁华落尽的灰尘

来来往往的因果

始终要回到原点

我的手心

你来——新生命

你来

抖一抖身上的雨露

还留着淡淡的云彩

哇的一声啼哭

是在感恩妈妈的赐予

还是心疼妈妈的十月怀胎

你来

嗅一嗅外面的空气

那里也有妈妈对你的爱

轻轻地吸一口

妈妈的身体里虽然温暖

你却要吐纳出自己的胸怀

你来

漫长的黑暗已经过去

把你的眼睛睁开

虽然第一眼看到的都是陌生

阳光和鲜花欢迎你

啊，一个崭新的世界

一点光

一点光顺着它

可以找到太阳

没有参照物

也不需要导航

那是万物的向往

一点光顺着它

可以找到月亮

夜色中也有浪漫

阴晴圆缺，如盘如钩

留下遥远的梦想

一点光顺着它

可以找到星星

星海浩渺，银河徜徉

迷住了多少灵魂

无数次地仰望

一点光顺着它

可以找到灯火

十字路口，行者迷茫

风雨兼程的归途

总在回家的路上

一点光顺着它

可以找到萤火虫

夜深人静，万物安详

烦躁的世界

终于有心安放的地方

一点光顺着它

可以找到眼神

喜怒哀乐，徘徊忧伤

从心底悄悄地

打开了一扇窗

一点光顺着它

可以找到心灵

圣人魔鬼，丑陋善良

前面是地狱

背后是天堂

一点光顺着它

就是生命的方向

也就是这一点点光

点燃了亿万年的激情

成就了无数的永恒和希望

海与山

邛海是姑娘

泸山是情郎

海在山的脚下

山永远守护在海的身旁

日出东方

山用肩扛起一轮朝阳

夕阳西下

海笑了把灿烂送上

晚风吹来

轻轻声响

吹动着海的心房

拍打着山的胸膛

那是海和山窃窃私语

那是山和海互诉衷肠

黑夜，海和山就这样默默守候

白昼，山和海就这样深情对望

无论日出日落

无论世道沧桑

海总在山的身旁

山总在海的心上

岁月易老

不老的是他们

还是从前

从前的模样

轻轻的圆

轻轻的

几片

云

飘落水面

是月亮的影子

好圆

是飞虫的小岛

风儿的船

载着梦

靠岸

轻轻的

几点

雨

洒在镜前

是激动的泪水

好甜

是池塘里的家

夏的温暖

漂浮着一次次

感叹

轻轻的

几个

音符

丢失人间

是天外的旋律

缠绵

是竹林里的悠扬

弦的委婉

一草一木都在聆听

广陵散

轻轻的

几句

禅

停在对面

是佛的启示

无言

是宇宙里的小世界

苦海的边

清静圆润的心

才是震撼

我爱夏天

我爱夏天的午阳

是他穿过千万年的黑暗

把雪山点亮

烤干了无数个沼泽

融化了海底里的忧伤

我爱夏天的色彩

是他描绘出心的激荡

五颜六色装满大地

河山才有妩媚的模样

原来生命也不喜欢荒凉

我爱夏天的耿直

天晴就有太阳

说风就是雨

不徘徊不彷徨

再潮湿的季节也要担当

我爱夏天的疯狂

雷声惊天动地

电闪撕裂八方

狂风横扫虚伪和高傲

暴雨摧残一切惆怅

我爱夏天的多情

是他挽留了春天的芬芳

把温暖送给每一个早秋

拥抱万物情深意长

他总是那么热情和善良

仰望

仰望星空

黑暗孤独地离开

再短浅的目光

也可以看穿幽蓝

万里之外

不是我们纵目极天

而是星辰灿烂

亮若光海

仰望生命

鲜活灵动多姿多彩

再平静的心

也会为之感动

心潮澎湃

不是生而伟大

而是造物主的恩赐

才有我们存在

仰望时间

始终在徘徊

再深邃的思想

也要被奴役

去哪里何处来

不是我们太执着

而是果壳里的智慧

有了宇宙的情怀

我在祁连山

我在祁连山

寒风刺骨，敲打着我的胸前

撕扯着我的脸

吹走了一个世纪的愁云

吹去了我身上的负担

烟消雾散

前面就是碧蓝碧蓝的天

我在祁连山

白雪皑皑净化了我的世界

震撼着我的山川

原来纯洁令人窒息又心动

污秽混浊也可以很遥远

再忧郁的眼神在这里

也会变得明亮清澈新鲜

我在祁连山

大地无声，嘈杂和红尘都被冰冻

只听得见我的喘息和心颤

烦恼被白雪融化

往事永远留在回不去的昨天

双耳听不见一个音符

只有一行脚印留下我的惦念

我在祁连山

山顶只有我和蓝天

看着白雪随风飘散

蓝幕上白云悠悠

空灵的时空像是梦幻

如果世界真有末日

这里一定会是新的人间

我在祁连山

美丽的传说

美丽的留恋

与秋

掯一丝秋风

放上云端

吹稀太阳

把酷热吹散

摘一朵秋云

放回地面

蒙住大地的眼睛

冷静才风度翩翩

捧一滴秋雨

放进花园

凋落的不再凋落

滋润的是香甜

剪一片秋色

飘落山间

从此金色如浪

彩铃斑斓

留一轮秋月

挂在窗前

让每一个梦

都是中秋月圆

寄一件秋思

不怕遥远

有没有回音

底稿总在枕边

吹一层秋霜

又回到当年

岁月如歌

收获秋天的丰满

把思念

把思念

挂在西窗

每当想起你

还是最初的模样

把思念

留在山岗

熟悉的身影

总在告别的地方

把思念

放在云上

无论飘向哪里

都知道你在哪儿放荡

把思念

寄给月亮

从此月光里有我

关切的目光

把思念

种进花房

花开一起同行

一起芬芳

把思念

铺满河床

守护着你的小船

轻轻远航

把思念

装满行囊

每一次孤独的旅行

路途都不再孤凉

把思念

充满眼眶

平静的湖面

也会汹涌起海浪

把思念

留在梦乡

因为弥足珍贵

所以一生收藏

小草的独白

我是小草

在路边

默默的静悄悄

无数次被踩倒

雨过天晴

刚刚直起腰

车轮又碾压出鸿沟

听马蹄呼啸

只有我看伤痕望寂寞

微不足道

我是小草

在森林

抬头仰望

谁都比我高

我看见的天空

总是树叶在飘摇

月亮是圆的吗

我不知道

看惯了大树的脚跟

直到终老

我是小草

在花园

总是被蔑视

被无情地除掉

尽管我喜欢花园的芬芳

花开时的微笑

但没人会听

我的呐喊和呼嚎

我是小草

在你眼里

我很渺小

渺小得连风都会忘了

无论我怎样疯长

怎样舞蹈

也盼不来你的一丝余光

一片羽毛

我只有偷偷地流泪

偷偷地祈祷

我是小草

风雨中

只有我把母亲拥抱

微弱也要挺拔

我是母亲的骄傲

用我的生命打扮母亲

我是母亲的妖娆

就算把我连根拔起

我也要

埋在母亲的怀抱

我是小草

是一棵

无声无息的

小草……

今秋

秋天像牛皮糖

紧紧粘住庚子年的脚步

时光品着甜蜜，铆足劲往前拉

把秋天越拉越长

天空蔚蓝，蓝得让人心疼

秋阳早出晚归，尽情放荡

烤化了白云、森林、高楼和玻璃

摔碎了，潇洒地躺在草地上

秋叶不断变换颜色

绿，深绿，黄，金黄

风儿五颜六色，翩翩起舞

哦，今秋，这里就是他家乡

冷月亮

我总是

痴痴地望

你总是

高高的在天上

每次看见你

都把你

当成我的太阳

可你始终没有发现我

遥远的目光

我总是

傻傻地想

你总是

匆匆忙忙

每个寒冷的夜

我都会仰望

盼你天天月圆

天天明亮

我如愿的却只在梦乡

我总是

热情似火

你总是

冷若冰霜

我把热血炼成赤鸟

飞近你的身旁

你洒下寒冷的月光

让希望湮灭

让心又一次冰凉

我总是

默默地伤

你总是

淡淡地忘

我是一粒透明的尘埃

连影子都飞不进你的眼眶

你冷静的美丽

把黑夜都照亮

渺茫还是一如既往

手捧阳光

捧起一汪

冬天里的阳光

手心里的温度

牵着血液默默流淌

融化了皮肤传递来的寒气

让温暖直抵心脏

轻轻的，晃一晃

金色的阳光溅出水花

嘘——不要惊醒她

让她安静、甜蜜地进入梦乡

她累了，亿万里的奔跑

沉淀了亿万年的重量

不需要仰望

心手真正地

真正地连接着太阳

哦，手影下的小草正在渴望

慢慢地蹲下来

把阳光静静地放在草地上

啊，小孩

你是生命的花朵

你是花朵的色彩

你是色彩的眼神

你是眼神的未来

白雪和冬天的爱情

你来了

白发飘飘

漫天飞舞

像是千万个仙女

脚尖踩着透明的湖面

轻轻地舞蹈

我来了

万里迢迢

拖着混沌的乾坤

用亿万万年的寒气

冰封世界

只给你独来独往的大道

你笑了

白发化成琼花

开满枝头、高山和原野

晶莹剔透，分外妖娆

无忧无虑，任性的你

终于又回到年少

我笑了

捧着你的白发

我知道

这是无数思念的积攒

才让你能够安静而优雅地

躺在我的怀抱

别了，2020

别了，2020

不一样的春寒

树叶总在春风里打战

不一样的夏花

花香总在泪雨中消散

不一样的秋色

红枫染透了血色浪漫

不一样的冬雪

千万魂灵在白雪中长眠

别了，2020

时光的背面

别了，2020

不一样的时间

哦，明亮的春天

正在路上

这是心灵的渴望

生命的期盼

一片雪花

一片雪花

孤零零

坠落在

我的手心

晶莹的盛开的白玉兰

通透的玻璃身

没有忧郁的眼睛

却若隐若现

天使般闪烁的眼神

她不愿

我不忍

不忍放手

放手跌入红尘

洁白被玷污

浊水不会冰清

让圣洁永远圣洁

天真还我天真

颤抖，会更加寒冷

天空放明

阳光落在我的手心

雪花默默融化

激动万分

哦，她的笑脸

灿烂又透明

直到化作一丝丝光影，升腾

还能听到她的心跳

干净的笑声

阳光之间

阳光之间

一棵棵老树被点燃

冬日的暮气没了

轻快的黄色

成点，成串，成片

拉着树枝撒娇

抱着树叶缠绵

像明晃晃的金子

挂在树梢树尖

微风轻轻一吹

又落金成蔓

听听

看看

阳光之间

碰出金铃般的音符

树叶牵着光起舞翩翩

舞影透明，梦幻

绿地和白云

叶脉和山川

一起流动

一起旋转

啊，冬日暖阳

消失的梦

一闪一闪

阳光之间

一片美色

一片灿烂

剪春风

剪六片春风

做成风箱

春风过后

往里面装满春光

从此，花儿不再枯萎

迷失的眼神

不再忧伤

把她放在枕边

你的梦都是花香

把她放在你的心里

前面的旅途

永远是，一片明亮

远方的梦

远方的梦

疲惫时

总会回到被窝之中

像一只亲人的手

又像温柔的风

吹散了多少愁石

抚热了来来回回的寒冬

白雪被风干

一朵一朵

又在天上飘动

落下的雨被拉伸

一根一根

支撑着黑压压的天空

前面是苦海

把苦海倒过来

再也不会波涛汹涌

前面是深渊

撒一把鲜花的种

不论谁掉进去

都是美丽的万花筒

千山万水

情人的笑脸

让人心颤，朦胧

千难万险

远方总在召唤

前面就是家和成功

啊，梦在远方

远方是梦

从此，江山如画

岁月如风

没有荆棘如网

只有蚂蚁还在爬行

像梦一样坚强

生动

擦肩而过

我从左边来

你从右边离开

留下一抹迷人的背影

却带走了天边的色彩

我从右边来

你从左边离开

没看清你秀美的白发

只记得激动和感怀

我从雨中来

你从风中离开

天上的星，你究竟是哪一颗

让我苦苦地等待

后 记

一直以来，我都以为写诗是个人爱好，怜花吟月、望山叹水也是各人的心情，是很私人的事，并未想过公开发表。工作后，从事技术和行业管理，更只把写诗当成业余爱好而已。后来，夫人督促我选择一项爱好，愉快地度过退休时光。考虑再三，还是写诗吧！一来，这本就是自己的爱好，无论水平如何，就是喜欢；二来写诗的成本最低，动动手指在手机上就可以完成；三来方便，随时随地，走到哪里就可写到哪里，很适合喜欢旅游的我。

2019年年初，我开始把诗作发到朋友圈，并配上照片。原想就是自娱自乐，也便于反复吟诵，没承想总有朋友点赞、点评、捧场，自觉反响尚可，又经不住多位友人的鼓动，遂有了这本诗集的问世。

在此，感谢鼓励过我的朋友们，和有缘读到这本书的文友，愿我们常驻阳光之间！